Ce livre appartient à :

_____

Lis-moi une histoire

 **Phidal**

© 1999 Éditions Phidal Inc. pour le texte français
Publié par Éditions Phidal Inc.
5740 Ferrier, Mont-Royal (Québec), Canada H4P 1M7

© 1999 Edgar Rice Burroughs, Inc.
et Disney Enterprises, Inc.

Adaptation : Frédérique Tugault

Imprimé au Canada

LA MAMAN SINGE

Les pleurs d'un bébé ont attiré Kala loin de
sa demeure. Ces pleurs proviennent d'une drôle
de maison, perchée dans les branches d'un arbre.

3

À l'intérieur de la maison, Kala trouve en effet un
bébé en larmes. Lorsqu'elle le prend dans ses bras, il
s'arrête de pleurer et lui sourit.

Mais soudain, Sabor, un féroce léopard, surgit et
se précipite sur eux. Kala risque sa propre vie pour sauver
l'enfant.

Kala revient chez elle avec le bébé. « Tu ne peux pas le garder », lui dit Kerchak, le chef des singes. « Ce n'est pas un des nôtres. »

« Sabor a tué toute sa famille », explique Kala.

Alors, un peu à contrecœur, Kerchak se laisse convaincre. Kala élèvera l'enfant, auquel elle donne le nom de Tarzan.

Le temps passe, et Tarzan tente de s'adapter à sa nouvelle vie dans la famille des singes. Il s'entend bien avec une jeune guenon appelée Terk, mais les amis de celle-ci veulent que Tarzan fasse ses preuves avant de l'accepter parmi eux.

« Que dois-je faire? » demande Tarzan.

« Tu dois nous rapporter... euh... un poil de la queue d'un éléphant », lui répond Terk.

À la grande surprise de Terk, Tarzan saute du haut de la falaise et nage en direction des énormes pachydermes!

Quand Tarzan réussit enfin à attraper la queue d'un des éléphants, tous les éléphants se mettent à barrir et, pris de panique, se dispersent. Quelle cavalcade!

Les éléphants traversent au galop le territoire où les singes se nourrissent. Kerchak parvient de justesse à secourir un des bébés singes.

Peu après, Terk retrouve Tarzan inerte sur le rivage. « Allons! Tu ne vas pas mourir là, devant moi! » s'écrie Terk. Mais, alors qu'elle et Tantor, un jeune éléphant, le dévisagent avec anxiété, Tarzan finit par reprendre connaissance.

Kerchak arrive sur les lieux, et Tarzan s'avoue responsable de la cavalcade.

« Tarzan ne fera jamais partie de notre famille! » tonne Kerchak.

Le même soir, le garçon s'agenouille au bord d'une mare et contemple son reflet dans l'eau. Au bout d'un moment, Kala s'approche de lui.

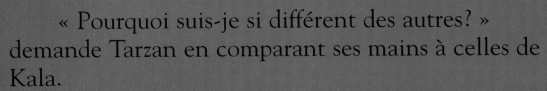

« Pourquoi suis-je si différent des autres? »
demande Tarzan en comparant ses mains à celles de
Kala.

Kala serre affectueusement son fils sur son cœur
et dit : « Au fond de nous, nous sommes tous pareils.
Kerchak ne le voit pas, c'est tout. »

Tarzan sourit. « Je vais le lui faire voir, moi »,
dit-il. « Je serai le meilleur singe du monde! »

Tarzan grandit et devient un adulte vigoureux.
Il sait maintenant nager comme les hippopotames et
voltiger d'arbre en arbre comme les singes.

Un jour, Sabor attaque les gorilles. Tarzan, muni
de son épée, s'élance au bout d'une liane et sauve la vie
de Kerchak. Puis, levant le corps inanimé du léopard,
le jeune homme pousse un cri de triomphe.

Respectueusement, Tarzan dépose la dépouille du léopard aux pieds de Kerchak.

Soudain, un coup de fusil se fait entendre! Kerchak presse tous les singes de se cacher au fin fond de la jungle. Mais Tarzan, plus curieux, veut savoir quelle est la créature qui vient de faire ce bruit étrange.

Des étrangers dans la jungle

Du haut d'un arbre, Tarzan observe pour la première fois des êtres humains.

« M. Clayton, vous allez effrayer les gorilles avec vos coups de fusil », dit Jane à son guide.

« Regardez! Un nid de gorilles! » s'exclame le professeur Porter, qui est le père de Jane. Et, accompagné de Clayton, il part en quête d'autres nids.

Tandis que Jane fait le portrait d'un bébé babouin, le petit animal s'empare du croquis, mais elle le lui reprend vivement. Toute une troupe de babouins rageurs se rue alors sur la demoiselle, qui s'affole et cherche à s'enfuir, quand... pouf! Tarzan la soulève dans les airs!

25

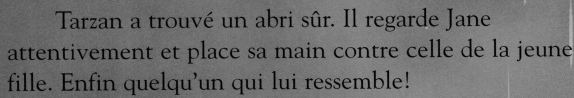

Tarzan a trouvé un abri sûr. Il regarde Jane attentivement et place sa main contre celle de la jeune fille. Enfin quelqu'un qui lui ressemble!

Tarzan se pointe lui-même du doigt. « Tarzan », dit-il.

« Jane », répond sa compagne en imitant son geste.

« Jane », répète Tarzan en souriant.

27

Pendant ce temps, Tantor, Terk et quelques-uns des autres singes ont découvert le camp des humains. Terk tape sur une machine à écrire. Un de ses camarades casse une assiette. Que de nouveaux bruits excitants!

« Il s'en passe des choses, ici! » s'écrie Terk.

Une véritable séance de jazz improvisé bat son plein lorsque Tarzan et Jane arrivent au camp.

Jane est stupéfaite de voir Tarzan saluer Terk.
« Mais... ce Tarzan est leur frère ! » suffoque-t-elle.

Comme pour lui donner raison, Kerchak accourt,
fort mécontent, et oblige Tarzan à déguerpir avec la
famille des singes.

Kerchak ordonne aux gorilles de se tenir loin des étrangers.

« Ils ne nous veulent aucun mal! » proteste Tarzan. Mais Kerchak lui impose le silence.

Alors, Tarzan interroge sa mère : « Pourquoi ne m'as-tu pas dit qu'il y en avait d'autres comme moi? » Mais Kala refuse de lui répondre.

Le lendemain, espérant voir Jane,
Tarzan retourne au camp des humains.
Le professeur Porter est fasciné.
« Il a les gestes d'un singe et le corps
d'un homme! » s'étonne-t-il.

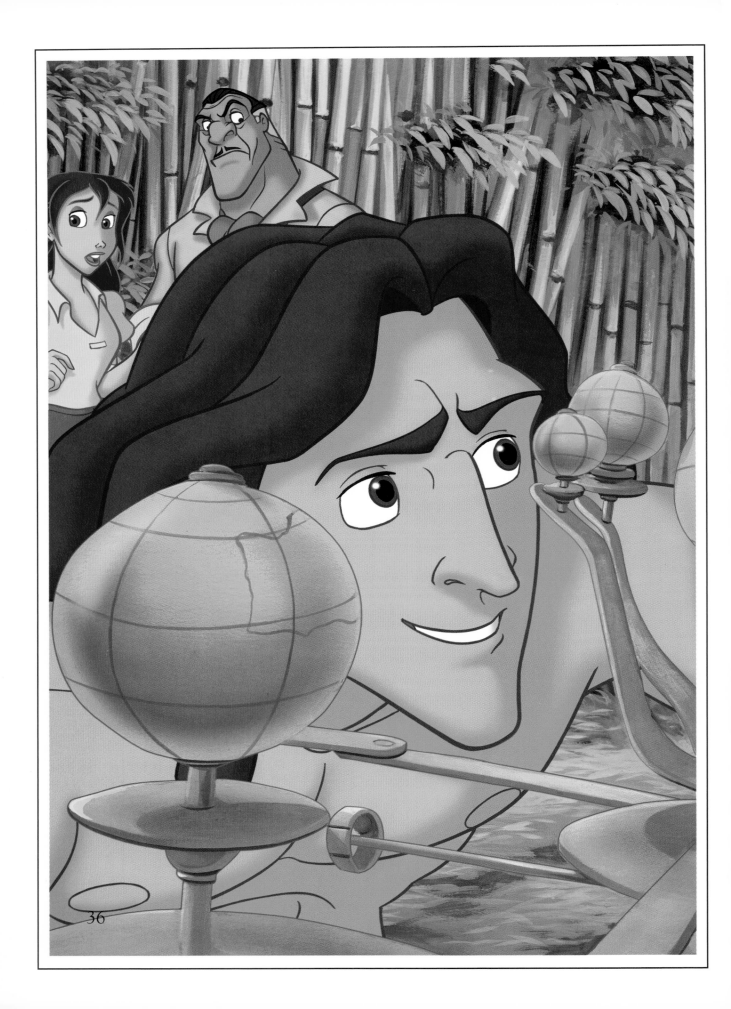

Jane et son père parlent à Tarzan du monde des humains. Tarzan, qui a appris à reproduire toutes sortes de sons à force de vivre dans la jungle, apprend facilement leur langue. Il invite aussi Jane à explorer son monde à lui.

Tarzan veut encore revoir la jeune fille, mais ce jour-là, en s'approchant du camp, il comprend qu'elle est sur le point de partir. Le bateau qui doit la ramener en Angleterre est arrivé.

Clayton prend Tarzan à part et lui dit : « Si seulement Jane avait pu passer un peu de temps avec les gorilles... »

« Elle voudrait rester? », répond Tarzan. Clayton hoche la tête d'un air entendu. « Eh bien, je vais voir ce que je peux faire! » ajoute le jeune homme.

Aussitôt, Terk et Tantor sont chargés de distraire Kerchak, pendant que Tarzan va présenter la famille des singes à ses nouveaux amis.

La rencontre de deux mondes

Jane et son père sont enchantés de voir les gorilles de près. Tarzan semble avoir un langage spécial avec sa famille adoptive. « Ouh-ouh-eh-eh-ouh! » fait-il.

La jeune fille répète le même cri, sous les acclamations des bébés singes.

« Qu'est-ce que je viens de dire? demande-t-elle.
– Que Jane restera ici avec Tarzan », répond celui-ci joyeusement.

44

Tout à coup, Kerchak se montre – juste à l'instant où Clayton se disputait avec un gorille. Hors de lui, Kerchak se jette sur Clayton.

« Sauvez-vous vite! » crie Tarzan, qui immobilise Kerchak pour permettre aux humains de fuir.

« Tarzan, tu nous as tous trahis! » gronde Kerchak.

Mais Kala, quant à elle, voit bien que Tarzan est
déchiré entre son amour pour sa famille adoptive et son
besoin d'être avec des humains. C'est pourquoi, au risque
de le perdre à jamais, elle l'emmène voir la maison où
elle l'avait trouvé lorsqu'il était bébé.

Tarzan essaie les vêtements de son père. Puis,
en étreignant Kala, il lui promet : « Où que j'aille,
tu seras toujours ma mère. »

Tarzan court jusqu'à la plage pour retrouver Jane. En grimpant à bord du bateau, il regarde tristement du côté de la jungle.

« Attention! » lui crie soudain Jane. Mais il est trop tard... Tarzan est tombé dans un guet-apens tendu par Clayton et ses complices!

52

Clayton révèle son abominable plan à Tarzan :
il était venu là pour capturer des gorilles dans le but de
les vendre! Tarzan lance un hurlement d'angoisse – oui,
il a bel et bien trahi sa famille!

L'écho du cri de Tarzan résonne dans toute la jungle.
Dès qu'il l'entend, le jeune Tantor charge Terk sur ses
épaules et vole au secours de son ami.

Prenant d'assaut le navire, Tantor enfonce le pont et libère les prisonniers. Tarzan regagne la terre ferme à toute vitesse pour protéger les siens. Clayton a déjà capturé plusieurs singes, mais Tarzan réussit à délivrer Kerchak.

« Alors, te voilà de retour », dit Kerchak à Tarzan.

« Je reviens parce que je suis ici chez moi », répond le jeune homme.

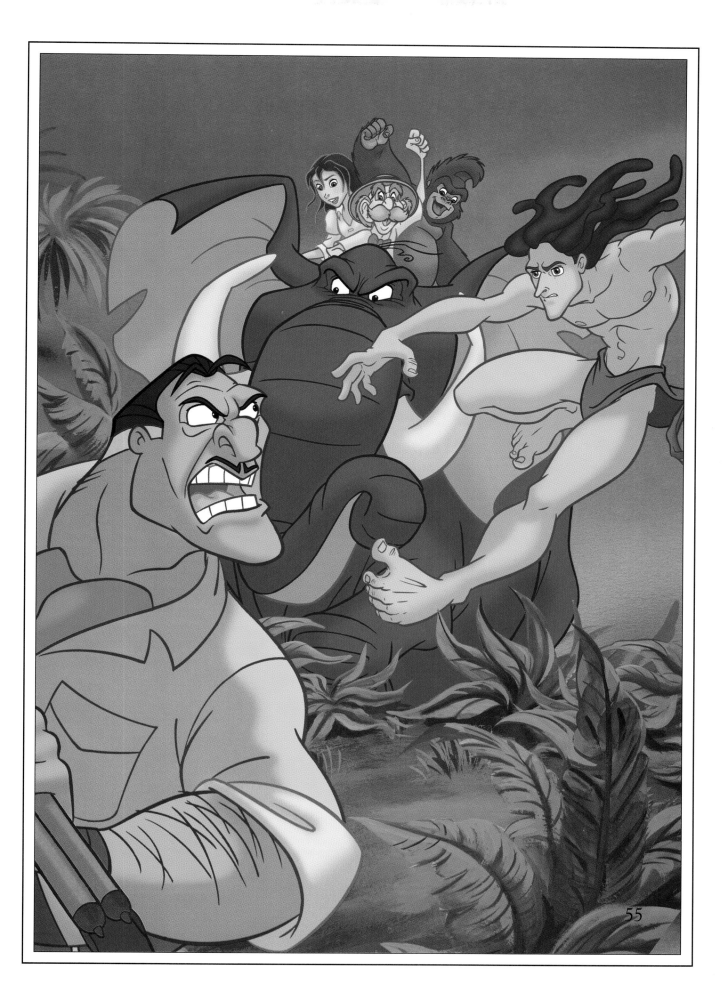

55

Jane et le professeur Porter arrivent avec Terk
et Tantor, alors qu'on emporte Kala dans une cage.
S'agrippant à une liane, Jane se balance et
assomme un des malfaiteurs. « Ne t'inquiète pas, je
vais te sortir de là en une seconde! » dit-elle à Kala.

À peine Kala est-elle libérée, qu'un coup de feu éclate. Clayton a blessé Tarzan au bras! Il tire à nouveau, mais cette fois, Kerchak s'interpose entre la balle et la cible.

Touché, le grand singe s'affaisse sur le sol. À présent, c'est au tour de Tarzan de défendre sa famille. L'affrontement se poursuivra dans les hauteurs des arbres.

En bondissant sur Tarzan, Clayton bascule dans le vide et se tue dans sa chute. Tarzan retourne vite auprès de Kerchak. « Je te demande pardon », lui dit-il.

Kerchak adresse alors au jeune homme ses dernières paroles : « Prends bien soin de notre famille, mon fils. »

61

Le jour suivant, Jane fait ses adieux à Tarzan. Puis, elle rejoint son père dans la barque qui les conduira jusqu'au bateau.

C'est le moment que le professeur choisit pour déclarer : « Jane, ma chère petite, je crois que tu devrais rester ici. Tu l'aimes. »

Jane sait que son père a raison...

« Ouh-ouh-eh-eh-ouh! » crie Jane en sautant hors de la barque, bientôt suivie de son père qui, lui aussi, a décidé de rester.

Ils sont accueillis à bras ouverts par tous les singes... et par Tarzan qui, maintenant, sait enfin à quel monde il appartient.